AF249456

EPISTRE

EN VERS

D'UN PERE A SON FILS,

SUR

LA PEINTURE.

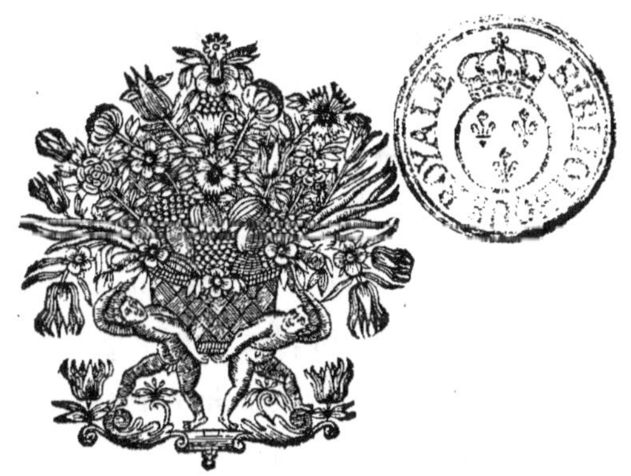

A PARIS,

Chez JACQUES ESTIENNE, ruë Saint Jacques,
au coin de la ruë de la Parcheminerie, à la Vertu.

M. DCC. VIII.

AVEC PERMISSION.

EPISTRE

D'UN PERE A SON FILS

SUR LA PEINTURE.

NFIN vous le voulez, ma réſiſtance eſt vaine ;
Un aſcendant plus fort malgré-moy vous entraîne ;
Et de l'Art du Deſſein vôtre cœur trop épris,
Veut dans l'Academie en diſputer le prix.

Suivez donc les tranſports de cette ardeur extrême ;

Mais écoutez, mon fils, un pere qui vous aime.

Sur cet Art peu connu les divers ſentimens,

Peuvent vous entraîner dans des égaremens :

Cet embarras confus, rendant l'étude vaine,

Fait ſuivre en chancelant une route incertaine.

Quelques-uns revétus du nom de Connoiſſeurs,

Arbitres ignorans, s'érigent en Cenfeurs;
Et voulant décider fans goût, fans connoiffance,
D'un arreft téméraire étalent l'infolence.
Celuy - cy pour avoir prodigué tout fon bien,
A de rares Tableaux vantez par Felibien;
Et pour avoir appris quelque phrafe inutile,
Croit parler de Peinture auffi - bien que de Pile.
C'eft - là d'un fi bel Art le deftin malheureux;
Tel rempli de l'Auteur, dont il eft amoureux,
Ne fçauroit fupporter que ce qui luy reffemble:
Il trouve dans luy feul tous les talens enfemble,
Les beautez de l'efprit, le Deffein, la couleur;
Et prenant fon parti, toûjours avec chaleur,
Souvent pour l'élever à la gloire fuprême,
Veut l'exalter fi haut qu'il le détruit luy - même.
Vous donc, qui fecondé par un génie heureux,
Courez de ce bel Art le fentier périlleux:
Evitant avec foin ces dangereux caprices,
Sur de fages avis corrigez tous vos vices;
Confultez le Public, & fuyez les flateurs,
De vos plus grands défauts lâches admirateurs.
Un Peintre qui fe flatte, en fon orgueil extrême,
Connoiffant peu fon Art, fe connoît peu luy - même
Et charmé de l'encens dont on vient l'entêter,
En nourrit les erreurs qu'il devoit rejetter.
Cedez à la raifon fans nulle réfiftance;

Mais ne péchez jamais par trop de complaisance :
Evitez, s'il se peut, le fol aveuglement,
De tout homme guidé par son entêtement.
Fuyez ceux qui toûjours entraînez par l'intrigue,
Prodiguent leur encens à la plus forte brigue ;
Il est certains ressorts pour se faire un appuy,
Et jusqu'à la louange, on vend tout aujourd'huy.
C'est souvent l'interest d'une injuste cabale,
Qui fait qu'on vous éleve, ou que l'on vous ravale,
Et la foule imbécile, & sans discernement,
Sur un fat en crédit regle son jugement.
Méritez donc, mon Fils, de plus dignes suffrages,
Et qu'en vôtre faveur parlent seuls vos Ouvrages.
Les Tableaux enchanteurs semez de toutes parts,
Semblent par leurs appas attirer vos regards :
Des grands Maîtres de l'Art contemplez les merveilles,
Profitez avec soin de leurs sçavantes veilles ;
Que leurs talens divers soient de vous respectez :
Mais fuyez leurs défauts en cherchant leurs beautez.
Suivant donc la raison, cette vive lumiere,
Cherchez dans le Corrége une grande maniere,
Un grand goût de Dessein, un heureux choix du beau,
La grace, le naïf, le charme du Pinceau ;
Mais n'en imitez pas, par un esprit bizare,
Les caprices outrez, où sa verve s'égare.
Du fameux Titien le coloris charmant,

Dans fes Tableaux exquis eft un enchantement :
C'eft-là que le Pinceau par fa docte impofture,
Semble, en nous féduifant, furpaffer la nature :
Là des douces couleurs les tons harmonieux,
Par de divins accords fçavent charmer les yeux.
On y voit du Pinceau les plus grands avantages,
Et la force & le vray, frappent dans fes Ouvrages ;
Gardez-vous cependant, plein de fon coloris,
D'être de fon Deffein également épris.
Pour cet Art qu'on néglige, un plus parfait modelle,
Offre à vôtre génie une route fidelle :
Annibal vous y peut conduire feurement ;
En marchant fur fes pas on s'avance aifément.
Michel-Ange avant luy par un Deffein fevere,
D'un goût terrible & fier forma le caractere ;
Mais le foigneux Carache en démêla le beau,
Et fçût y joindre encor les graces du Pinceau.
Du grand majeftueux, puifé dans Michel-Ange,
Et du vray du Corrége il fit un doux mélange ;
Mais malgré fes talents fi juftement vantez,
Il n'atteignit jamais les fublimes beautez,
Dont le grand Raphaël, dés fes premieres veilles,
Sçût étaler aux yeux les fçavantes merveilles,
Il découvre à la fois les plus rares tréfors ;
Juftefle de contours, proportion des corps,
Le deffein élégant de l'antique fculpture,

Joint aux effets naïfs que fournit la nature ;
Un choix pur & fçavant, de fimples agrémens,
Un grand goût de drapper, de beaux ajuftements
Négligez avec art, conduits avec prudence ;
Une docte fa geffe, une jufte abondance,
Un génie à la fois, & fublime & profond,
Aifé, fimple, folide, agréable, fécond,
Sage fans être froid, & fimple fans baffeffe,
Grand fans paroître outré, toûjours plein de nobleffe,
Profond fans être obfcur, agréable fans fard ;
La raifon y paroift fouveraine de l'Art :
On ne l'y trouve point lâchement abaiffée
Sous le joug dangereux d'une fougue infenfée,
Qui par le faux éclat d'un feu pernicieux,
Fait la guerre au bon fens pour éblouïr les yeux :
Là des expreffions les beautez naturelles,
Nous offrent du fujet les images fidelles :
Les mouvemens de l'ame y font peints doctement,
La force s'y fait voir unie à l'agrément :
Tout prenoit fous fa main un divin caractere ;
Et fuivant une route inconnuë au vulgaire,
Par les charmes touchans des fimples veritez,
Il s'élevoit toûjours aux fublimes beautez.
Par fes principes furs vôtre étude guidée,
Rectifie, enrichit, annoblit vôtre idée :
Laiffez-vous donc charmer par fes doctes appas ;

En fuivant ce grand Homme on ne s'égare pas.

Ses Difciples fameux par leurs rares Ouvrages,

En rendent à nos yeux d'éclatants témoignages.

Jule plus abondant par mille inventions

Sçût enchanter l'efprit dans fes productions;

Et fidelle amateur des beautez de l'antique,

Il en remit au jour la grandeur héroïque.

Heureux s'il eût pû joindre à fa noble fierté

Un Pinceau moins aride & plus de verité!

Que de fon feu divin la véhémente flâme,

Echaufe vôtre verve & paffe dans vôtre ame.

Allez, mon Fils, allez plein d'un hardi deffein,

Semblable à Promethée, en faire un beau larcin.
On pardonne aifément cette heureufe fineffe,

Quand le Peintre fçait bien déguifer fon adreffe,

Et qu'une autre beauté, jointe au beau qu'il a pris,

Coulant de même fource en égale le prix:

Mais loin ces Peintres froids preffez dans leur génie,

Qui dérobant des biens que le Ciel leur dénie,

Du mérite d'autruy font valoir leur Pinceau,

Et de lambeaux exquis font un mauvais Tableau.

Voulez-vous donc, mon Fils, par une noble audace

Chez la Pofterité vous marquer une place?

De ces Peintres déja retracez dans mes Vers,

Découvrez avec foin tous les talens divers;

On peut les égaler quand on les fçait comprendre,

C'eft

C'eſt le ſens, c'eſt l'eſprit, c'eſt le goût qu'il faut prendre :

Un grand homme jamais ne fait rien au hazard,

Sur des principes ſurs établiſſez vôtre Art :

Que la nature ſoit vôtre guide fidelle,

Et qu'aucun faux éclat ne vous écarte d'elle.

N'allez pas cependant, trop timide & trop vif,

Ralentir d'un beau feu le mouvement actif ;

Saiſiſſez promptement l'inſtant qui vous anime,

C'eſt luy ſeul qui produit le grand & le ſublime.

Soyez ſur ce précepte attentif à ma voix,

Imitez la nature, & ſçachez faire un choix ;

Tâchez de joindre enſemble & le grand & l'aimable,

Le tendre, le naïf, le fort, & l'agréable ;

Sçachez fraper l'eſprit en abuſant les yeux :

Soyez vif & correct, toûjours harmonieux.

Il eſt dans les couleurs de douces ſimpaties,

Qui par un art divin doctement aſſorties,

Sçavent charmer les yeux, d'autant d'accords touchans,

Qu'à l'oreille ravie en offrent les beaux chants

Des ombres & des jours ménagez l'avantage,

C'eſt de là que dépend tout l'effet d'un Ouvrage.

Mais que de ce grand Art le miſtere enchanté,

Soit pris ſur la raiſon & ſur la verité.

Que dans tous vos ſujets la paſſion émûe,

Aille chercher le cœur, l'échauffe & le remue,

* Art poétique de M. Deſpreaux.

Par des traits pleins de fel femez de toutes parts,
Du docte curieux attachez les regards.

Je haïs d'un Peintre froid l'aveuglement extrême,
Qui rempant, & fans force, eft content de luy-même;
D'une exacte froideur mes yeux font rebutez,
J'aime mieux des deffauts & de grandes beautez;
Mais n'allez pas pourtant, prompt à vous fatisfaire,
Pour quelque faux brillant fotement vous complaire;
Puifez dans le vray feul le folide & le beau,
Que la raifon par tout guide vôtre Pinceau,
Auffi-tôt vous verrez le Public équitable,
Honorer vos travaux d'une voix favorable,
Et LOUIS attentif à protéger les Arts,
Pourra fur vos talents jetter d'heureux regards;
Mais quelque foit l'effet de cet honneur fuprême,
Ne foyez point rempli de l'amour de vous-même:
En quelque grand éclat où vous puiffiez vous voir,
De l'étude, mon Fils, faites-vous un devoir,
La Peinture demande un ardeur toûjours vive;
Et pour s'en faire aimer, il faut qu'on la cultive,

Permis d'imprimer. Fait à Paris ce 2. Mars 1707.

Signé, M. DE VOYER D'ARGENSON.